ODE
SUR LA MORT
DE L'IMPÉRATRICE,

REINE DE HONGRIE ET DE BOHEME,

AVEC DES NOTES HISTORIQUES.

PAR M. COURTIAL.

A PARIS,

Chez les Libraires qui vendent les Nouveautés.

M. DCC. LXXXI.

PRÉFACE.

Cette Ode fut compofée fur les premieres nouvelles que l'on eut à Paris de la mort de l'Impératrice. C'eft-là la raifon qui m'autorifa à feindre que j'écrivois au moment même où cette illuftre Souveraine terminoit fa glorieufe carriere.

Ayant eu pour objet de ne pas donner des louanges vagues, & de me fonder fur des faits, j'ai néceffairement travaillé fur le même fonds que les Auteurs des Oraifons Funebres, qui ont été publiées, foit en France, foit ailleurs, fur cette Mort. Mais je n'en ai rien emprunté. Je puis attefter plufieurs perfonnes dignes de foi, des Académiciens même, que les idées que renferme cette Ode font à moi, qu'elles s'y trouvoient avant qu'il eût encore rien paru là-deffus ; comme, par exemple, le parallèle entre l'Impératrice & Sémiramis, fa harangue dans la Diète de Hongrie, la Guerre de 1740, &c.

Je n'imiterai pas d'ailleurs tant d'Auteurs, qui

dans de longues Préfaces, à l'occasion de petits Ouvrages, ont tâché d'établir des regles nouvelles qui excusassent leur incapacité. Il ne faut chercher ni à éblouir, ni à gêner les suffrages. Outre qu'il n'est pas bien de vouloir sacrifier la gloire de l'art à un petit intérêt particulier, qu'en peut-il résulter? On irrite la malice & l'envie, on leur prête des armes, & l'on indispose le petit nombre d'ames honnêtes, qui n'aiment que le vrai, toujours promptes à rendre justice, & le seul refuge de tout Auteur qui a à se plaindre du Public.

ODE

SUR LA MORT

DE L'IMPÉRATRICE,

REINE DE HONGRIE ET DE BOHÉME.

Των γαρ μεγαλλων αξιοπενθεις
Φημαι, μαλλων κατεχυσιν.

Les Vertus dignes d'être regrettées affectent, sur-tout dans les grands
Personnages.

EURIPIDE, *Hipp.*

IMPITOYABLE Mort, effroi de la Nature,
Sur ton char ténébreux désertant les Enfers,
De la Terre & du Ciel viens-tu venger l'injure ?
De ses nombreux Tyrans délivrer l'Univers ?
    Si la justice t'est chère,
    Frappe-les dans ta colère,
    Entends mes vœux solemnels :
    De tous les Brigands du Monde,
    Dont tu sais trop qu'il abonde,
    Ils sont les plus criminels.

A

Que vois-je ? tout pâlit ! déjà ta faulx eſt prête !
Vers ce lit de douleur quel deſſein te conduit ?
Que vas-tu faire ? O Ciel ! ô Mort barbare, arrête.
Qui prétends-tu plonger dans l'éternelle nuit ?
  Une Impératrice auguſte,
  Clémente, pieuſe & juſte,
  Honneur de l'Humanité ;
  Indulgente ſans foibleſſe,
(a.) Grand-Homme par ſa ſageſſe,
  Reine encor par ſa beauté.

(b) Elle fut comme toi ſenſible & tolérante,
 O Vierge, dont l'éclat remplit tout l'Univers,
 Qui ſeule ouvres l'Olympe à la terre tremblante,
 Eſpoir de l'Homme juſte, effroi de tout pervers.
  (c) Affable & grand caractère
  Elle triomphe, fait plaire,
  Rend illuſtre la bonté ;
  Par-tout brillent ſur ſes traces,
  L'héroïſme joint aux graces,
  L'amour & la majeſté.

(d) Vil ſéducteur des Rois, infâme Deſpotiſme,
 Tu n'eus jamais d'accès dans ſon généreux cœur ;
 Et te voyant funeſte à tout patriotiſme,
 A la gloire, aux vertus, pleine pour toi d'horreur,
  Sa main fonde avec ſageſſe
  Sa plus ferme fortereſſe
  Dans le cœur de ſes Sujets.
  Brûlans d'amour & de zèle,
  Ils meurent pour ſa querelle,
  Libres, ſoumis, ſatisfaits.

Voilà l'espoir, la gloire & l'amour de la terre;
On connoît ses hauts faits & ses vastes desseins;
Soit qu'elle tînt le Sceptre ou s'armât du Tonnerre,
Son Empire s'accrut sur le cœur des Humains.

    Pour l'admirer réunies,
    Par ses vertus asservies,
    Les diverses Nations,
    Sous cette Mère commune,
    Semblerent n'en faire qu'une,
    Malgré leurs divisions.

Quels Dieux au haut des airs, dans des flots de lumiere,
Frappent tous les regards & semblent être amis?
Son génie est l'un d'eux, parcourant sa carriere,
L'autre, dans l'Orient, guida Sémiramis.

    Tous deux couverts de leurs armes
    Brillent au fort des alarmes;
    Aiment les nobles travaux;
    Et replendissans de gloire,
    Ils enchaînent la victoire,
    Sont l'exemple des Héros.

L'un en impose encore à la terre étonnée;
Quels foudres! quels éclairs! & quels traits radieux!
Semblable à l'éclat pur d'un belle journée,
Avec enchantement l'autre arrête nos yeux.

    Le premier fier & rapide,
    Ardent, pompeux, intrépide,
    Laisse mille monumens;
    Le second puise en lui-même
    Ceux qu'une vertu suprême
    Peut offrir à tous les temps.

La Déeſſe aux cent voix reconnut leur empire ;
Tous deux ont illuſtré les ſuprêmes grandeurs ,
Joui de ces tranſports qu'un zèle ardent inſpire ,
Régné ſur les eſprits, ainſi que ſur les cœurs ;
　　　Rendu des déſerts fertiles ,
　　　Peuplé , policé des Villes ;
　　　Mais l'un eſt plus admiré :
　　　Jouit-il de plus de gloire ?
　　　L'autre a ſur lui la victoire ,
　　　S'il eſt le plus adoré.

(e) Terre , Cieux, rappellez ce ſublime courage ,
Qui de vingt Rois ligués ſut repouſſer l'effort,
Et les traits enflammés du plus ſanglant orage ,
Qu'ait jamais ſu former la puiſſance du ſort.
　　　L'Ambition ſombre, ardente ,
　　　Et la Guerre dévorante
　　　L'aſſailloient de tous côtés ;
　　　Sous leur redoutable foudre
　　　Elle voyoit mettre en poudre
　　　Ses plus ſuperbes Cités.

La Diſcorde planant , pour l'effroi de la terre ,
Sur deux Trônes long-temps jaloux de leurs grandeurs,
Ebranloit l'Univers de ſa voix de tonnerre ,
Appellant les combats, les haines , les fureurs.
　　　Son œil eſt brûlant de rage ,
　　　Sa torche peint le carnage ,
　　　Ses ſerpens ſifflent épars ;
　　　De tous les fléaux Miniſtre ,
　　　Elle étale un front ſiniſtre
　　　A la Fille des Céſars.

Contr'elle on enfantoit d'innombrables armées ;
La terre en frémiſſoit de trouble & de terreur ;
Les campagnes, au loin, ſous leurs pas conſumées ;
N'offroient qu'embraſemens, que carnage & qu'horreur.

   Ainſi quand l'affreux Borée
   Cache la voûte azurée
   Sous vingt nuages grondans ;
   La Nature dévaſtée
   Tremble, expire épouvantée
   Sous leurs coups & leurs torrens.

Elle paroît. Son front, ſa beauté, ſa jeuneſſe,
Ses malheurs, cet éclat qui ſuit toujours les Rois,
Touchent profondément, rempliſſent de tendreſſe
Un peuple gémiſſant ſous de ſevères loix.

   Cet amour devient délire ;
   Avec tranſport il inſpire,
   Peuple, Grands, Prêtres, Soldats :
   On s'empreſſe, on l'environne ;
   Elle s'aſſied ſur ſon Trône,
   Tenant ſon Fils dans ſes bras.

(f) Vous voyez à quel point le Sort cruel m'outrage,
Dit-elle ; à mes rivaux ſe joignent mes amis ;
Je n'attends mon ſalut que de votre courage,
Défendez-vous, vengez votre Reine & ſon Fils.

   Le glaive brille, on s'écrie :
   Expirons, donnons la vie,
   Pour Thérèſe notre Roi.
   Dès ce grand moment tout change ;
   Elle triomphe, ſe venge,
   Remplit ſes rivaux d'effroi.

(g) Bellone eft de nouveau pour elle redoutable ,
Contr'elle Fréderic vient d'armer fa valeur.
Il s'eft fait du Parnaffe un Temple vénérable ,
Horace avec Solon refpirent dans fon cœur.

    Il fait être Marc-Aurelle ,
    Et le grand vainqueur d'Arbelle ,
    Sous le Drapeau dans les camps.
    Là c'eft le Dieu de la guerre ;
    Les éclairs & le tonnerre,
    Nous peignent fes mouvemens.

Il attaque déjà fon augufte Rivale ,
Près d'elle fes Guerriers femblent tous accourus ,
Il rend bientôt du Sort la balance inégale ,
Il s'avance contr'eux , il tonne , ils font vaincus.

    De cette illuftre Héroïne
    Chacun croit voir la ruine ;
    On craint jufques dans fa Cour.
    Elle obferve la tempête ,
    Elle l'affronte , l'arrête ;
    Le Vainqueur fuit à fon tour.

Fameux jour de Kolins , fi grand par fa victoire ,
Pour l'œil de fes Etats vis & brille à jamais.
Hélas ! il en eft un plus marqué pour fa gloire ;
Mais de la terre entière il trompe les fouhaits.

    Mille fois par fa prudence ,
    Son courage , fa conftance ,
    Elle maîtrifa le Sort ;
    (h) Et dans fon moment fuprême ,
    Se furpaffant elle-même ,
    Elle fait vaincre la Mort.

Quelle férénité fur fon vifage eft peinte !
Quelle tranquillité règne au fond de fon cœur !
Son ame eft donc toujours étrangère à la crainte !
La Mort n'eft point pour elle un fpectacle d'horreur !

   Contre fes coups raffermie,
   Elle l'accueille en amie,
   Nul effroi ne la faifit.
   La Mort fièrement s'avance,
   Et tandis qu'à fa préfence
   Tout tremble, elle lui fourit.

Dieu fanglant des combats, d'une ame forte & fière,
Ainfi que les Héros elle ofa t'affronter ;
Mais au temps de l'épreuve, à fon heure dernière,
Un feul oferoit-il prétendre à l'imiter ?

   La tombe s'ouvre, & fans peine
   Elle part, brifant fa chaîne,
   Sans retour vers la grandeur ;
   Vers cet éclatant phantôme,
   A qui le néant de l'homme,
   Donne feul quelque valeur.

Peuples, vous avoûrez qu'elle eft reconnoiffante.
Ses Guerriers, attendris, pleurent fur fes préfens :
Que de dons répandus par fa main défaillante !
De toutes parts, au loin, ils cherchent les abfens.

   Objet nouveau de détreffe !
   Aux gages de fa tendreffe,
   Sa famille fond en pleurs.
   Grand Dieu, prolonge la vie
   D'une Reine fi chérie ;
   O Mort ! fufpends tes fureurs.

Vain efpoir ! on le fait, tes rigueurs font extrêmes.
Ce front n'aguère , hélas ! tout brillant de fplendeur ,
Touchant, majeftueux , ceint de vingt diadêmes ,
A déjà pris du tien l'affreufe & fombre horreur.

> Ce noble corps , dans la poudre
> Va rentrer & fe diffoudre ,
> Dépouillé de fes attraits.
> Grands Rois , fameux Politiques ,
> Vous, Guerriers , cœurs héroïques ,
> C'eft la fin de vos projets.

Les lugubres accens, de l'Europe éplorée ,
Ont déjà retenti jufqu'au plus haut des Cieux ,
Je vois, d'un fombre deuil, fe voiler l'Empirée ,
Et la terre , à fon tour, fe dérobe à mes yeux.

> Parmi tant d'accens funèbres ,
> Répétés dans les ténèbres ,
> Qu'il en eft d'intéreffans !
> Contrains & pouffés à peine ,
> O France ! ceux de ta Reine ,
> Pénètrent tous tes Enfans.

(1) Si jamais par fes pleurs la Fille la plus tendre,
O Manes chez les Morts à peine defcendus !
D'une Mère adorée eût ranimé la cendre ,
Au féjour des vivans vous feriez revenus.

> L'Achéron eût avec joie
> De nouveau lâché fa proie ,
> Touché d'un fi grand amour.
> Que vois-je ? digne Héroïne ,
> Gloire de ton origine ,
> Ton œil fe dérobe au jour.

Hymen, Amour, LOUIS, tremblez pour tant de charmes,
Elle eſt de tous les trois l'augufte Déïté ;
Hâtez-vous de tarir la ſource de ſes larmes ;
Qui connoît mieux que vous le prix de la beauté ?
  Aux mortels déjà ſi chère ,
  Elle leur rendra leur Mère ;
  Qu'elle vive , c'eſt aſſez.
  Voilà ſa vivante image ,
  Ciel , c'eſt ton plus digne ouvrage ;
  Nos vœux feront exaucés.

F I N.

Lu & approuvé , ce 1 Septembre 1781. DE SAUVIGNY.

Vu l'Approbation. Permis d'imprimer , le 1 Septembre 1781.
     LENOIR.

NOTES.

(a) *Grand Homme par sa sagesse.*

Cette tournure renferme une louange. L'énergie de l'espèce est certainement dans l'Homme ; quand la Femme la possède, c'est par une faveur particulière de la Nature.

Henri IV dit à Elizabeth dans la Henriade.

Et l'Europe vous compte au rang des plus Grands Hommes.

Le *Moriamur pro Rege nostro Mariâ Theresiâ*, nous plaît principalement, parce que nous le prenons dans ce sens.

La raison qui nécessite ce tour, c'est que le mot, *Grande Femme* n'est point d'usage ; que dans ce sens, il ne signifie rien ; celui de *Grande Reine* même est équivoque.

(b) Elle fut comme toi sensible & tolérante.

L'Impératrice étoit très-religieuse. Mais étant éclairée & pleine d'humanité, elle ne persécuta personne ; elle laissa seulement subsister quelques Loix coërcitives dans certaines Provinces de ses Etats.

Vers la fin de son règne, l'esprit du siècle étant entièrement changé, elle permit même par un Edit, le libre exercice de leur Religion aux différentes Sectes chrétiennes dans ses Provinces de Pologne, en leur accordant de plus tous les droits & privilèges civils de ses Sujets catholiques.

Mais son digne Successeur agissant sur des principes plus fermes, plus étendus de politique & d'humanité, vient d'ôter toutes les exceptions qu'il y avoit dans ses Etats à la tolérance civile, & l'a rendue universelle. Ce grand Prince ne semble régner que pour achever de rompre toutes les barrières que le fanatisme des Peuples mettoit entr'eux.

La Loi qu'il a publiée en faveur des Juifs est sur-tout remarquable. Elle fait comprendre que, s'il étoit possible que des hommes d'un autre monde, de Saturne, par exemple, ou de Sirius, vinssent s'établir dans ses Etats, ils y seroient tolérés. En effet, quand on tolère des Juifs jusqu'à leur accorder tous les privilèges de Citoyens, qui ne tolérera-t-on pas ? On sait que ce Peuple a toujours eu de l'antipathie pour les autres Peuples, & qu'il leur en a toujours inspiré ;

qu'en vivant au milieu d'eux, il en eft toujours féparé ; que fes mœurs lui font abfolument particulières ; qu'il va jufqu'à croire fes enfans fouillés, s'ils boivent & mangent avec des hommes d'une autre Nation ; que même les Juifs ne peuvent être gouvernés par les Loix civiles des pays qu'ils habitent ; & qu'enfin, ce font les plus intolérans des hommes. Mais n'importe, ils font hommes ; il ne faut pas les imiter dans des principes auffi funeftes. Il faut les mettre dans le cas de ne pouvoir nuire, & voilà tout. Qu'il eft beau de voir des Chrétiens étendre les bienfaits de la Loi de grace fur ceux qui la méconnoiffent ; les Difciples du Rédempteur des hommes traiter en frères ceux qui le perfécutèrent, & qui finirent par l'immoler. C'eft ici que la fupériorité de la nouvelle économie eft frappante fur l'ancienne.

Des perfonnes qui ne manquent ni de lumières, ni d'expérience dans les objets politiques, prétendent que les bonnes intentions du Légiflateur feront en partie trahies par ceux même en faveur defquels ils les a conçues. Les Juifs, dit-on, n'aimeront jamais à exercer chez les autres Nations l'agriculture, ni toute autre profeffion qui établiroit néceffairement, entre eux & elles, plus de rapport que leur Loi ne comporte. Quant à ce que difent quelques-uns, qu'ils doivent être toujours prêts à fuivre le Meffie, il ne faut le regarder que comme une plaifanterie. Il fera toujours intéreffant de voir de quelle manière les Juifs jouiront des bienfaits que la Tolérance leur préfente. Quoi qu'il en arrive, la nouvelle Loi eft certainement digne, par l'excellence de fes vues, que Socrate en eût été le Promoteur, & qu'un Spartiate difciple de Lifcurgue l'eût rédigée, à caufe de fa briéveté énergique, & du peu de fafte que le Légiflateur met à faire beaucoup de bien.

(c) *Affable & grand caractère*, &c.

L'affabilité eft une qualité divine dans les Souverains ; elle a conftamment pour compagne, chez eux, la bonté, la bienveillance univerfelle, & prefque toujours les lumières, la fageffe, la grandeur d'ame. Toutes ces qualités étoient réunies dans l'Impératrice.

Son affabilité étoit extrême. Elle ne dédaignoit pas d'aller prendre fouvent des repas chez des particuliers. Elle vifita jufqu'à des pauvres femmes pour les fecourir.

Cette affabilité devint un des plus heureux refforts de fa politique. Il en réfulta une révolution dans la Cour Impériale. La fierté

Efpagnole s'y étoit jointe à la morgue Allemande. Delà la contrainte
& un air d'auftérité qui repouffoit les cœurs ; tout changea fous
Marie - Thérèfe. L'Etiquette, autrefois inexorable., fut adoucie, ou
mife de côté, toutes les fois qu'elle le jugea à propos ; & fes manières,
fes graces nobles & touchantes, alloient comme au-devant de tous les
cœurs.

La Famille Impériale fut élevée dans ces heureux principes. Le fafte
en fut banni, & prefque entièrement réfervé pour les jours folemnels,
qui demandent de la pompe & de l'éclat. Les Frères & les Sœurs, vivant
dans la plus grande union , s'appelloient entr'eux par leur nom de
Baptême, comme on fait chez nous, à la campagne. On fait la façon
de vivre, de voyager, de s'habiller de l'Empereur. Des hommes
frivoles & vains peuvent penfer que c'eft fans conféquence, blâmer
même de pareils exemples ; mais il n'en eft pas ainfi de ceux qui
jugent des hommes par leurs mœurs, & qui n'en conçoivent des idées
avantageufes que fur leurs bonnes actions, & non fur l'éclat de leurs
habits, & la magnificence de leurs équipages.

(d) *Vil féducteur des Rois , infâme Defpotifme , &c.*

Cette ftrophe a en vue le Serment d'André II, en 1222, renou-
vellé par l'Impératrice. C'eft un des plus beaux traits de fa vie.
Ce Serment, bien loin d'ôter quelque chofe à la Puiffance, rendit
Marie-Thérèfe abfolue fur les Hongrois : le germe de tous les mé-
contentemens, & même des diffentions publiques, tant de fois renou-
vellées, fut étouffé pour toujours. Ce Peuple fentit avec énergie que
la bonté fe mêloit à ce grand trait de fageffe de fa Souveraine ; &
fa reconnoiffance fut fans bornes. Il fut tiré par-là de l'affreufe
néceffité d'obéir lâchement, ou de réfifter à fes Maîtres ; alternative
effrayante, où il avoit été jufqu'alors. Il adora la main qui la faifoit
ceffer. Son zèle pour fa Souveraine alla, pour ainfi dire, jufqu'à la
fureur dans la guerre de 1740 ; & pendant fon règne, il ne s'eft point
démenti, parce qu'elle ne chercha jamais à rendre vain fon Serment.
Exemple également remarquable de fageffe & de vertu !

(e) *Terre , Cieux , rappellez ce fublime courage , &c.*

Il s'agit ici de la guerre de 1740, entreprife pour décider à qui
appartiendroit les Etats de la Maifon d'Autriche Allemande ; comme
celle de 1700, pour décider qui refteroit le Maître des Etats de la
Maifon d'Autriche Efpagnole.

On vit dans cette derniere, comme dans la précédente, presque toute l'Europe en armes.

Marie-Thérèse eut d'abord contre elle la France, l'Espagne, c'est-à-dire, toute la Maison de Bourbon, la Bavière, la Saxe, l'Empire, Hanover excepté, le Roi de Prusse.

Si la France, qui étoit comme à la tête de cette ligue, eût su profiter de ses avantages, elle auroit infailliblement rempli son objet. Mais, dans les premiers momens, n'ayant pas fait usage de toutes ses facultés, elle en manqua l'occasion ; ce qui fut l'effet des lenteurs que le Cardinal de Fleury mit dans les opérations.

Les Princes qui s'y distinguèrent le plus furent Louis XV, par sa grande victoire de Fontenoy, & par plusieurs autres remportées par ses Généraux, & sur-tout par ce fameux Comte de Saxe, dans qui le génie des Condés & des Turennes sembloit s'être réuni.

Le Roi de Prusse, presque toujours vainqueur, d'une activité sans exemple depuis Alexandre & César, Philosophe, habile Politique, le plus Grand-Homme de guerre des Nations modernes, capable par son génie, en montant au Trône, de rivaliser avec les plus grandes Puissances.

Marie-Thérèse, digne Fille de tant de grands Princes, qui rappelloit tous ces temps où des Héroïnes parurent avec gloire à la tête des Nations, vertueuse sur le Trône ; d'une fermeté de Héros à l'âge de vingt-deux ans, aussi capable de prendre le bon parti par elle-même, que de le saisir avec promptitude, quand il lui étoit montré par un autre ; poursuivant ses projets avec autant de sagesse que de vigueur, & sachant s'en désister, si le sort ou les circonstances lui étoient contraires.

(f) *Vous voyez à quel point le Sort cruel m'outrage*, &c.

On représente ici l'Impératrice dans le moment le plus critique, & le plus glorieux de sa vie.

Ayant rassemblé tous les Ordres du Royaume de Hongrie, elle parut sur son Trône, & au milieu de cette Diete générale, elle s'exprima ainsi : *Abandonnée de mes amis, persécutée par mes ennemis, attaquée par mes plus proches parens, je n'ai de ressource que dans votre fidélité, dans votre courage, & dans votre constance. Je mets en vos mains le Fils & la Fille de vos Rois qui attendent de vous leur salut.* Voilà ce que l'on a prétendu rendre dans les quatre premiers vers de cette strophe, & l'on se flatte d'y avoir réussi.

Cette Harangue rappelle l'héroïque & sublime réponse des Palatins de Hongrie ; ils tirèrent leurs sabres en s'écriant, *Moriamur pro Rege nostro Mariâ Theresiâ.* Mourons pour notre Roi Marie-Thérèse ; on a cru rendre ce beau trait par ces vers :

> Le glaive brille, on s'écrie,
> Expirons, donnons la vie
> Pour Thérèse notre Roi.

(*g*) *Bellone est de nouveau pour elle redoutable,* &c.

On a en vue ici la guerre de 1756. L'Impératrice, jalouse de l'honneur de conserver son héritage dans son entier, voulut reconquérir la Siléfie ; & l'on doit reconnoître qu'elle ne négligea rien pour réussir. Sa sagesse parut alors toute entière. Jamais le Ministère de Vienne n'avoit eu une pareille influence dans les autres Cours de l'Europe. Il y renversa entièrement, à son avantage, le système politique, qu'on y avoit suivi jusqu'alors.

La Saxe, l'Empire, la Suede, la Russie se déclarerent pour elle.

La France, cette éternelle Rivale de la Maison d'Autriche, ne se contenta pas de lui prêter le secours de ses armées, elle lui ouvrit ses Trésors. Quel spectacle pour l'Europe, & pour l'Impératrice elle-même !

Elle avoit conduit les choses au point qu'elle sembloit jouer à jeu sûr dans cette guerre, & n'avoir rien à redouter des évènemens. Les obstacles furent pourtant plus grands qu'on n'avoit présumé. Les ressources du génie sont difficiles à mesurer. Le Roi de Prusse étoit seul contre tant d'ennemis ; mais son activité, son génie, lui tinrent lieu de plusieurs Alliés. Il s'empare d'abord de la Saxe, & s'en fait un rempart ; il s'avance en Bohême, & il remporte, le 6 Mai 1757, une célèbre victoire, sous les murs de Prague. Les débris de l'armée vaincue se renferment dans cette Ville, il les y assiège, ils sont prêts à se rendre ; mais le Ministère de Vienne disputant ici d'activité avec le Roi de Prusse, a déjà préparé une autre armée, commandée par le Général Daun, qui s'avance vers Prague, pour en faire lever le siège. Le Roi de Prusse vole à la rencontre du Général Daun ; & quoique dans un poste fortifié par l'art & par la nature, il ne balance pas à l'attaquer. Il va sept fois à la charge, sept fois il est repoussé, sa défaite est complette.

Peut-être, depuis quinze siècles, il ne s'étoit pas donné de bataille où les intérêts fussent plus pressans. Si le Roi de Prusse avoit triomphé, une armée entière, renfermée dans Prague, étoit faite prisonnière, le Royaume de Bohême étoit envahi. Il marchoit à Vienne, & vraisemblablement il donnoit la Loi à tous ses ennemis. L'Impératrice, de son côté, gagnant la victoire, avoit, dans une perspective prochaine, la chûte entière du Brandebourg, l'Empire dans une bien plus grande dépendance, & un ascendant qui pouvoit aller jusqu'à la prépondérance dans l'Europe. On sentit si bien à Vienne l'importance de cette victoire, que l'Impératrice ordonna qu'on en célébrât l'aniversaire tous les ans pour en perpétuer la mémoire ; toutefois les fruits qu'elle en recueillit ne furent pas tels qu'elle avoit pu l'espérer.

Le Roi de Prusse parut alors, à la vérité, perdu sans ressource. Les Autrichiens, après cette fameuse bataille de Kolins, se répandirent comme un torrent dans la Silésie. Cette Province étoit presque conquise ; & les François, secondant leurs Alliés, s'avançoient alors même, pour combattre ce Monarque, comme pour leur disputer la gloire de l'accabler. Toute l'Europe attendoit l'instant de sa chûte. Mais son génie, dans une occasion si pressante, le servit par delà ses espérances. Il triomphe à Rosback, & du fond de la Saxe il s'avance avec la rapidité de l'aigle, au mois de Décembre, vers les extrémités de la Silésie, livre bataille au Prince Charles & au Général Daun, & remporte sur eux cette fameuse victoire de Lissa, qui coûta cinquante mille hommes à la Maison d'Autriche, & qui rétablit ses affaires. Il y eut ensuite plusieurs retours de fortune réciproques ; mais enfin, après sept ans d'une guerre très-sanglante, il fallut faire la paix, sans qu'aucune des deux Puissances eût gagné ou perdu un pouce de terrein. Grande leçon à tous les Etats de l'Europe, de ne pas entreprendre de guerres légérement !

(h) *Et dans son moment suprême,*
Se surpassant elle-même,
Elle fait vaincre la mort.

La fin de l'Impératrice a mis le comble à sa gloire. Cette Souveraine a rendu sa mort héroïque par son courage, & touchante par sa bonté. Elle a pensé à tout, & ordonné de tout dans ce moment terrible avec la même sagesse que lorsqu'étant en parfaite santé, elle s'occupoit du bonheur de son Empire & des affaires de l'Europe, dont souvent elle étoit le premier mobile.

Elle a fait remercier ses Sujets de l'amour qu'ils lui avoient porté, leur demandant la même faveur pour son digne Successeur. Elle a doublé la paie & les appointemens de ces braves Militaires qui prodiguèrent tant de fois leur vie pour son service. Elle a écrit aux uns, fait des présens aux autres, laissé des legs à chacun de ses Enfans ; un grand exemple à suivre à tous les Rois ; & les regrets causés par sa mort ont été si vifs & si universels, qu'il a semblé qu'elle fût la Mère des Nations.

(i) *Si jamais, par ses pleurs, la Fille la plus tendre, &c.*

Heureux le Peuple qui, ayant un Roi sage, juste, plein d'amour pour le bien public, a de plus une Reine sensible, généreuse, bienfaisante, toujours prompte à devenir l'appui des malheureux.

On l'a vue se trouver mal au spectacle d'une famille prosternée aux pieds du Roi, qu'elle - même y avoit conduite. Qu'on juge donc de quel coup elle fut frappée, en apprenant la mort d'une pareille Mère. Que ces strophes consacrées à cette douleur sont peu capables de l'exprimer !

F I N.

Lu & approuvé ce 1 Octobre 1781. DE SAUVIGNY.

Vu l'Approbation. Permis d'imprimer, ce 2 Octobre 1781.
LENOIR.

De l'Imprimerie de la Veuve THIBOUST, Place de Cambrai.